KB253883

이 짧은 시간 동안

이 짧은 시간 동안

정 호 승 시 집

창비

차 례

제1부

제2부

제1부

시인

혹한이 몰아닥친 겨울 아침에 보았다
무심코 추어탕집 앞을 지나가다가
출입문 앞에 내어놓은 고무함지 속에
꽁꽁 얼어붙어 있는 미꾸라지들
결빙이 되는 순간까지 온몸으로
시를 쓰고 죽은 모습을
꼬리지느러미를 흔들고 허리를 구부리며
길게 수염이 난 머리를 꼿꼿이 치켜든 채
기역자로 혹은 이응자로 문자를 이루어
결빙의 순간까지 온몸으로
진흙을 토해내며 투명한 얼음 속에
절명시를 쓰고 죽은 겨울의
시인들을

이사

낡은 재건축 아파트 철거작업이 끝나자
마지막으로 나무들이 철거되기 시작한다
아직 봄은 오지 않았는데
뿌리를 꼭 껴안고 있던 흙을 새끼줄로 동여매고
하늘을 우러러보던 나뭇가지를 땅바닥에 질질 끌고
이삿짐 트럭에 실려가는 힘없는 나무 뒤를
까치들이 따라간다
울지도 않고
아슬아슬 아직 까치집이 그대로 남아 있는 나무 뒤를
울지도 않고

신발끈을 맬 때마다

신발끈을 맬 때마다
목을 매는 것 같다
높은 나뭇가지 끝에
목을 매려고 묶었던
넥타이 두 개
아직 버리지 못하고
아이들 몰래
장롱 깊숙이
숨겨놓고 있는데
오늘도 신발끈을 맬 때마다
길이 먼저 일어나
휑하니 떠나버린다

혀

어미개가 갓난 새끼의 몸을 핥는다
앞발을 들어 마르지 않도록
이리 굴리고 저리 굴리며
온몸 구석구석을 혀로 핥는다
병약하게 태어나 젖도 먹지 못하고
태어난 지 이틀 만에 죽은 줄도 모르고
잠도 자지 않고 핥고 또 핥는다
나는 아이들과 죽은 새끼를
손수건에 고이 싸서
손바닥만한 언 땅에 묻어주었으나
어미개는 길게 뽑은 혀를 거두지 않고
밤새도록 허공을 핥고 또 핥더니
이튿날 아침
혀가 다 닳아 보이지 않았다

소

가을걷이가 끝난 경부고속도로변
저녁을 먹고
어슬렁어슬렁 주인집 어린 아들을 따라나온
황소 한마리
농협창고 너머로 흐르는 검은 구름을 바라보다가
어디론가 끊임없이 내달리는 고속버스를 바라보다가
머리에 붉은 띠를 맨 시위대들이 갑자기 나타나
고속도로를 막고 경적을 울리며
죽여!
죽여버려!
소리치며 전경들과 싸우는 것을 구경하다가
느닷없이 방울소리를 울리며
냅다 논둑 길을 뛰기 시작한다
누렁아 같이 가!
소리치는 주인아들의 손을 뿌리치고
황급히 저녁놀 속으로 사라진다
살아 있는 게

나도
기적이라고 중얼거리며

만월

만월이 산등성이 위로
샛노란 얼굴을 드러낸 여름 저녁답
만삭이 된 이웃집 새댁이
평상에 앉아 시어머니와 저녁을 먹다 말고
생선 한토막과 밥 한덩이를
감나무 밑에 두고 돌아선다
담벼락에 앉아 밤하늘을 쳐다보며
배고파 우는 임신한 도둑고양이를 위하여
물도 한그릇 감나무 밑에 갖다두고
밥상을 들고 부엌으로 들어간다
새댁이 설거지를 하는 동안
도둑고양이는 재빨리 감나무 밑으로 달려가
인간들은 밥을 나누어 먹을 줄 모른다고
그래도 새댁 같은 사람이 있어서
인간들은 착하다고
재빨리 밥을 먹고 만월을 바라본다
새댁도 어느새 설거지를 다 끝내고

우물가에서 두레박을 든 채 만월을 바라본다
노란 만월 속에 가뭇가뭇 비치는
두 아기의 모습이 어여쁘다

얼음부처

새들이 날아와 빙벽을 쫀다
얼어붙은 미시령 매바위 폭포 위에
하루종일
부리가 없어질 때까지 얼음을 쫀다
처음에는 한두 마리 날아와 쪼기 시작하더니
갑자기 수십 마리의 새들이 설악에서 날아와
몇날 며칠 잠도 자지 않고
빙벽을 쫀다
부리가 없어져도 빙벽을 쫀다
오늘도 눈송이마다 땅거미가 깃들기 시작하고
미시령을 넘어가는 길은 또 끊어졌다
눈더미에 파묻힌 길들은 사람들을 내려놓고
저마다 동해로 떠나가고
나는 아침 일찍 지옥에서 돌아와 빙벽을 바라본다
오늘 아침엔 새들이 보이지 않는다
푸르르 새들이 떠난 자리에
부처님 한분
찬란하다

산산조각

룸비니에서 사온
흙으로 만든 부처님이
마룻바닥에 떨어져 산산조각이 났다
팔은 팔대로 다리는 다리대로
목은 목대로 발가락은 발가락대로
산산조각이 나
얼른 허리를 굽히고
무릎을 꿇고
서랍 속에 넣어두었던
순간접착제를 꺼내 붙였다
그때 늘 부서지지 않으려고 노력하는
불쌍한 내 머리를
다정히 쓰다듬어주시면서
부처님이 말씀하셨다
산산조각이 나면
산산조각을 얻을 수 있지
산산조각이 나면
산산조각으로 살아갈 수 있지

바닥에 대하여

바닥까지 가본 사람들은 말한다
결국 바닥은 보이지 않는다고
바닥은 보이지 않지만
그냥 바닥까지 걸어가는 것이라고
바닥까지 걸어가야만
다시 돌아올 수 있다고

바닥을 딛고
굳세게 일어선 사람들도 말한다
더이상 바닥에 발이 닿지 않는다고
발이 닿지 않아도
그냥 바닥을 딛고 일어서는 것이라고

바닥의 바닥까지 갔다가
돌아온 사람들도 말한다
더이상 바닥은 없다고
바닥은 없기 때문에 있는 것이라고

보이지 않기 때문에 보이는 것이라고
그냥 딛고 일어서는 것이라고

장례식장 미화원 손씨 아주머니의 아침

아무도 모른다
장례식장 미화원 손씨 아주머니가
아침마다 꽃을 주워 먹고 산다는 것을
발인이 끝난 뒤
텅 빈 영안실 바닥에 버려진 꽃들을 먹고
환하게 꽃으로 피어난다는 것을
검은 리본을 달고
트럭에 실려 배달된 꽃들이
영안실 입구에 쭉 늘어서서
슬퍼하는 척하는 조객들을 구경하다가
밤새워 봉투에 든 부의금을 헤어보다가
발인이 끝난 뒤
영안실 바닥에 미련 없이 버려져 짓밟히면
아무도 모른다
장례식장 미화원 손씨 아주머니가
영안실 바닥에 쭈그리고 앉아
아침밥을 먹듯

주섬주섬 꽃을 주워 먹는다는 것을
장례식장 창 틈으로 스며든 아침햇살까지
배불리 먹고
한 송이 두 송이 꽃으로 피어나
죽은 이들 모두
환하게 꽃으로 피어나게 한다는 것을

시각장애인 식물원

한 소녀가 아빠의 손을 잡고
경기도 광릉 시각장애인 식물원에 가서
손으로 나무들을 만져본다
이건 소나무야, 이건 도토리나무고
이건 진달래야
아빠가 어린 딸에게 자꾸 말을 걸자
소나무가 빙긋이 소녀를 보고 웃다가
소녀의 손바닥에
어린 솔방울 같은 눈동자를 하나 쥐여준다

시각장애인 식물원에는
꽃들이 모두 인간의 눈동자다
나뭇잎마다 인간의 푸른 눈동자가 달려 있다
시각장애인들이 흰 지팡이를 짚고
더듬더듬 식물원으로 들어서면
나무들이 저마다 작은 미소를 지으며
시각장애인들의 손바닥에 하나씩

눈동자를 나눠준다

보라
봄길을 걸어가는 시각장애인들은 모두
손바닥에 눈이 있다
고비사막의 어느 사원에 그려진 부처님들처럼
손바닥의 눈으로 별을 바라보고
손바닥의 눈으로 한강철교 위로 떠오른
초승달을 바라본다
중계동 산동네에 사는 독거노인 한분도
맑은 손바닥의 눈으로
이웃들이 찾아와 켜준
생일 케이크의 작은 촛불을 바라보고
수줍게 웃는다

도요새

옥구염전에 눈 내린다
수차가 함부로 버려진 소금밭에
눈발이 빗금을 치고 지나가다가
무너진 소금창고 지붕 위에 힘없이 주저앉는다
나는 일제히 편대비행을 하며
허공 높이 무수히 발자국을 찍어대다가
외로이 소금밭에 앉아 울고 있다
이제는 아무도 내 눈물로 소금을 만들지 않는다
염부들은 모두 다 집으로 돌아가
화투나 치고 소주나 마시고
길가의 칠면초만 저 혼자 붉다
만조 때 갯벌 가득 일몰이 차 오르면
쫑쫑 찡찡 쉿 소리치며
일제히 염전으로 날아오르던 나의 사랑은
언제 다시 소금으로 빛날 것인가
나는 다시 허공에 무수히 발자국을 찍는다
멀리 새만금 방조제가 가물거린다

칠산 앞바다도 수평선이 사라졌다
염전에 물을 대던 경운기도 녹슨 잠이 들고
옥구염전에 눈은 그치지 않는데
나는 몇마리 장다리물떼새와 함께
외로운 소금밭을 서성거린다
나의 발자국이 소금이 될 때까지
나의 눈물이 소금이 될 때까지

물 먹는 소

가뭄으로 말라가는 개울가
마른 풀들이 겨우 몸을 일으키는 오후
낡은 밀짚모자를 쓴 사나이 한명이
도축장으로 실려갈 소 한마리
강제로 물을 먹인다
개울 바닥 깊숙이 고무호스를 연결해놓고
모터를 돌리고
입을 다물지 못하도록 받침대를 받치고
깔때기를 쑤셔넣어 자꾸 물을 먹인다
엄마!
소는 마음속으로 돌아가신 엄마를 자꾸 불러본다
엄마를 부르면 부를수록 배퉁이 점점 불룩해지고
자기도 모르게 오줌을 철철 싸고
멍하니 놀란 눈을 하고 숨을 헐떡거린다
그때
미루나무 꼭대기에서 참매미가 요란하게 울어댈 때
초등학생 여자아이 한명이 학교를 파하고

집으로 돌아가다가
쪼르르 냇둑 아래로 달려와
아빠는 나빠!
나쁜 사람이야!
소리치고 울어버린다
물 먹는 소도 그만
아이를 따라 울어버린다

유실

누가 나를 여기에다 버려놓았나
폭탄주를 마시고 친구들과 망년회를 끝내고
흐린 그믐달을 쳐다보며
집에 곧 간다고 전화를 하고
지하철을 탔을 뿐인데
누가 나를 낡은 쇼핑백처럼
지하철 유실물센터 구석에다 던져놓았나
가끔 가방 속에 꾸깃꾸깃 나를 집어넣고
출근할 때가 있었으나
가방 속에서 몇장의 출판설정계약서와 대출거래약정
서와
한권의 시집과 함께
뒤척이며 잠을 자다가
내려야 할 수서역을 영원히 지나칠 때가 있었으나
오늘은 누가 나를 낡은 가죽가방처럼
지하철 유실물센터 구석에다 내던져놓았나
아무도 나를 찾지 않는다

아무도 나를 잃어버렸다고 신고하지 않는다
유실물 안내게시판에 담당여직원이
휴대폰과 전자수첩과 노트북과
운전면허증이 든 손지갑과
김치가 든 비닐봉지와 함께
나를 보관중이라고 몇번이나 안내를 해도
제기랄
아무도 나를 찾으러 오지 않는다
밤은 깊어가고 배는 고픈데
망년회는 아직도 끝나지 않았는가
지옥은 여기에서 먼가

통닭

통닭이 내게 부처가 되라고 한다
어린 아들을 데리고 통닭을 먹으러
전기구이 통닭집에 갔더니
뜨거운 전기구이 오븐 속에 가부좌하고 앉아
땀을 뻘뻘 흘리며
통닭이 내게 부처의 제자가 되라고 한다
부다가야에 가서
높푸른 보리수를 향해 엎드려 절을 해본 적은 있지만
부처의 제자는커녕
부다가야의 앉은뱅이 거지도 될 수 없는 나에게
통닭은 먼저 마음의 배고픔에서 벗어나라고 한다
어머니를 죽이고 아내를 죽이고
끝내는 사랑하는 자식마저 천만번을 죽이고
이 화염의 도시를 떠나
부다가야의 숲으로 가서 개미가 되라고 한다
나는 오늘도 사랑을 버리지 못하고
땅바닥에 떨어진 돈이나 주우려고 떠돌아다니는데

돈과 인간을 구분하지 못하고
부동산임대차계약서에 붉은 도장이나 찍고 있는데
사랑하는 모든 것은
곧 헤어지지 않으면 안된다고 말씀하시며
플라스틱 쟁반 위에
목 잘린 부처님처럼 가부좌하고 나오신
전기구이 통닭 한마리

연꽃 구경

연꽃이 피면
달도 별도 새도 연꽃 구경을 왔다가
그만 자기들도 연꽃이 되어
활짝 피어나는데
유독 연꽃 구경을 온 사람들만이
연꽃이 되지 못하고
비빔밥을 먹거나 담배를 피우거나
받아야 할 돈 생각을 한다
연꽃처럼 살아보자고
아무리 사는 게 더럽더라도
연꽃 같은 마음으로 살아보자고
죽고 사는 게 연꽃 같은 것이라고
해마다 벼르고 별러
부지런히 연꽃 구경을 온 사람들인데도
끝내 연꽃이 되지 못하고
오히려 연꽃들이 사람 구경을 한다
해가 질 때쯤이면

연꽃들이 오히려
사람이 되어보기도 한다
가장 더러운 사람이 되어보기도 한다

헌식대에 누워

돌아오라
날개를 잃고 저물도록 겨울숲으로 날아간 새들아
돌아와 내 야윈 가슴을 맛있게 쪼아먹어라
내 오늘 한평생 걸쳤던 맛없는 옷을 벗고
통나무로 만든 헌식대에 알몸으로 누워
쓸쓸히 밤하늘 별들을 바라보느니
날개도 없이 지평선 너머로 피를 흘리며 사라져간 새
들아
돌아와 내 눈을 신나게 쪼아먹어라
헌식대에 뿌려진 검은콩을 쪼아먹듯
돌아와 내 작은 간과 심장을 쪼아먹고
아직 따스한 키스가 남아 있는 내 입술도 쪼아먹고
이곳저곳 기웃거리던 불쌍한 내 남근도 맛있게 쪼아먹어
돌아오지 않는 저 배고픈 새들을 우수수 돌아오게 하라
죄 많은 내 피는 이미 다 마르고
껍질은 마른 빵처럼 부스러기가 되어 흩어지나니
이제 나는 너의 작은 날개가 되길 바랄 뿐

푸른 나뭇잎 위에 떨어지는 한점 새똥이 되길 바랄 뿐
내 비록 한사람도 사랑하지 못한 더러운 몸
내 비록 돈을 벌기 위해 평생 동안 잠 못 이루던
더러운 마음이지만
돌아오라 새들아 밤안개를 데리고
고요히 미소를 지으며 돌아와 나를 쪼아먹어라
오늘밤에는 극락전 너머로 첫눈이 내린다

나의 수미산

누구인가
산정에 오르기만 하면
뒤에서 살짝 내 등을 떠미는 이는
누구인가
고픈 배를 움켜쥐고 발도 없이 평생을 올라
마침내 산정에 다다르기만 하면
살짝 내 등을 떠밀어
한없이 절벽 아래로 떨어뜨리는 이는

나는 오늘도 불을 끄기 위하여
또 기름을 부었으나
나를 죽이기 위하여
또 어머니를 죽였으나
인간의 작은 탑 하나 세우기 위해
평생 동안 다시 산을 오른다
발도 없이 손도 없이 산을 오른다

누가 또 초승달을 저어
저 산기슭에 내려놓았나
누가 또 저 산을 들어
초승달 위에 살포시 얹어놓았나
오늘밤에는 산정에 고요히 눈이 내린다
인간의 얼굴을 한 작은 새 한마리
눈 속에 파묻힌다

노모의 텔레비전

팔순 노모와 함께
갓 태어난 손톱만한 거북이들이
바다를 향해 기를 쓰고 기어가는 장면의
텔레비전을 보다가
목이 말라
노모의 냉장고 문을 활짝 열자
순간 바다가 펼쳐졌다

그 바다를 향해
아기거북이처럼 악착같이 기어가는
내가 보였다
배고파 날아드는 새들을 피해
가깝고도 먼 바다를 향해
악착같이 기어가다가
바다에 막 발을 담그려는 순간
새에게 쪼아먹히고 마는 내가 보였다

물을 마시고
냉장고 문을 닫고
다시 노모의 텔레비전으로 돌아오자
거북이들 중 몇명은 이미 바다로 돌아가고
몇명은 그만 새들에게 쪼아먹히고
모래 위에 길게 남겨진
아기거북이들의 엄숙한 발자국을
푸른 파도가 막 덮치려는 순간
노모가 리모컨으로
텔레비전을 껐다

불국사

물고기들도 물 속에
불국사를 짓나보다
물고기들이 몸과 마음
다 바치는 걸 보면
아낌없이 대대로
다 바치는 걸 보면
물 속에도 물고기들이 지은
불국사가 있어
마음을 비우고
묵언정진하시다가
때가 되면 그물에 걸려
올라오시나보다

막다른 골목

막다른 골목에서 울다가
돌아 나온 사람들은 모르지
그곳이 막다른 골목이 아니었음을

막다른 골목에서 주저앉아 울다가
결국 막다른 골목이 된 사람들도 모르지
당신이야말로 막다른 골목이 아니었음을

막다른 골목에서 결국 쓰러진 사람들도 모르지
낙타가 쓰러지는 건 깃털같이 가벼운
마지막 짐 하나 때문이라는 것을

막다른 골목에 핀 민들레는 알지
사막이 쓰러지는 것도 결국은
한마리 쓰러진 낙타 때문이라는 것을

부도밭을 지나며

사람은 죽었거나 살아 있거나
그 이름을 불렀을 때 따뜻해야 하고
사람은 잊혀졌거나 잊혀지지 않았거나
그 이름을 불렀을 때 눈물이 글썽해야 한다
눈 내리는 월정사 전나무 숲길을 걸으며
누군가 걸어간 길은 있어도
발자국이 없는 길을 스스로 걸어가
끝내는 작은 발자국을 이룬
당신의 고귀한 이름을 불러본다
부도 위에 쌓인 함박눈을 부르듯
함박눈! 하고 불러보고
부도 위에 앉은 작은 새를 부르듯
작은 새! 하고 당신의 이름을 불러본다
사람들은 오늘도 검은 강물처럼 흘러가
돌아오지 않지만
더러는 강가의 조약돌이 되고
더러는 강물을 따라가는 나뭇잎이 되어

저녁바다에 가닿아 울다가 사라지지만
부도밭으로 난 눈길을 홀로 걸으며
당신의 이름을 부르면 들린다
누가 줄 없는 거문고를 켜는 소리가
보인다 저 작은 새들이 눈발이 되어
거문고 가락에 신나게 춤추는 게 보인다
슬며시 부도 밖으로 고개를 내밀고
내 손을 잡아주는
당신의 맑은 미소가 보인다

12월

하모니카를 불며
지하철을 떠돌던 한 시각장애인이
종각역에 내려
흰색 지팡이를 탁탁 두드리며 길을 걷는다
조계사 앞길엔 젊은 스님들이
플라타너스 나뭇가지와 나뭇가지 사이로
아기 예수의 탄생을 축하합니다
플래카드를 내걸고
분주히 행인들에게 팥죽을 나누어준다
교복을 입은 키 작은 한 여고생이
지팡이를 두드리며 그냥 지나가는
시각장애인의 손을 이끌고
팥죽을 얻어와 건넨다
나도 그분 곁에 서서
팥죽 한그릇을 얻어먹는다
곧 함박눈이 내릴 것 같다

맹인수녀

앞 못 보는 아들을 둔 늙은 어머니가
부처님이 가장 잘 보이는 곳에다 등을 달아달라고
돈 몇천원을 스님 손에 꼬옥 쥐여주면서
간절히 부탁하는 모습을
초파일날 조계사 앞을 지나가던 맹인수녀가
방그레 웃으면서 바라보다가
가슴에 촛불 하나 밝히고 길 떠납니다

노인들의 냉장고

노인들은 가끔 부엌에 세워둔
오래된 냉장고 속에 들어갔다가 나온다
오랜만에 쇠고기를 사들고 어머니를 뵈러 갔다가
어머니가 안 계셔서
이리저리 집안 구석구석을 살펴보다가
어머니가 슬며시 겸연쩍게 웃으시면서
냉장고 문을 주름 깊게 열고 나오시는 것을 보았다
어머니도 나처럼 한덩이 찬밥이 되신 것일까
나는 어머니가 처녀시절에 캔 냉이나
옷고름 풀던 첫날밤의 달빛을
냉장고 속에 깊숙이 넣어두셨나 싶었으나
그게 아니었다
나중에 영안실에 있는 냉동실에 들어가면 너무 추울
까봐
너무 추워 견디지 못하고 울어버릴까봐
미리 연습을 하고 계신다고
천천히 입술 없는 입으로 말없이 말씀하셨다

노인들의 냉장고를 보면 꼭 실패한 인생 같다
인생이 물건은 아니나
낡고 텅 빈 노인들의 냉장고를 보면
인생의 모습이 꼭 저와 같다 싶어
나도 가끔 어머니를 따라 냉장고 속에 들어갔다가 나
온다
더이상 데울 수 없는 나의 찬밥을
스스로 다시 데울 수 있는 새벽이 오기를 기다리며
어머니가 담그신 시어빠진 김장김치와
몇점 시금치무침 곁에
말없이 앉아 있다가 나온다

나의 수미산

폭설이 내린 날
내 관을 끌고 올라가려라
날카로운 빙벽에 매달리고
눈사태에 파묻혀 헤어나오지 못해도
알몸으로
내 빈 관을 끌고 끝까지 산정으로 올라가리라
산정의 거친 눈보라와
눈보라가 그친 뒤 눈부시게 내리쬐는 맑은 햇살과
간간이 천상에서 들려오는 새들의 울음소리를
차곡차곡 관 속에 챙겨넣고
눈 덮인 연봉들을 오랫동안 바라보리라
엎드린 봉우리마다 일어서서 다정히 손을 흔들면
눈물을 그치고
마지막으로 내 시체를 담아
관 뚜껑을 닫으리라
거지여인의 눈에 평생 동안 눈물을 흘리게 한
용서하지 못할 용서

평생토록 참회해도 참회할 수 없는 참회를
관 속에 집어넣고
탕 탕 탕
눈사태가 나도록 관 뚜껑에 못질을 하고
산정의 산정에 홀로 서서
내 관을 던지리라

겨울부채를 부치며

아들을 미워하는 일이
세상에서 가장 괴로운 일인 것처럼
아버지를 미워하는 일 또한
세상에서 가장 괴로운 일이나니
아들아 겨울부채를 부치며
너의 분노의 불씨가 타오르지 않게 하라
너는 오늘도 아버지를 미워하느라 잠 못 이루고
끊었던 담배를 다시 피우고
술을 사러 외등이 켜진 새벽 골목길을
그림자도 떼어놓고 혼자 걸어가는구나
오늘밤에는 눈이라도 내렸으면 좋겠다
내가 눈사람이 되어 너의 집 앞에
평생 동안 서 있었으면 좋겠다
너의 손을 잡고 마라도에서 바라본
수평선 아래로 훌쩍 뛰어내렸다면
지금쯤 너와 나 푸른 물고기가 되어
힘찬 고래의 뒤를 신나게 좇아갔을 텐데

아들아 너를 엄마도 없이
이 세상에 태어나게 한 일은 미안하다
살아갈수록 타오르는 분노의 더위는
고요히 겨울부채를 부치며 잠재워라
부디 아버지를 미워하는 일로 너의 일생이
응급실 복도에 누워 있지 않기를
어두운 법원의 복도를 걸어가지 않기를
나 다음에 너의 아들로 태어날 수 있다면
겨울부채를 부치며
가난한 아버지를 위해 기도하는 아들이 되리니

걸인

성철 스님 돌아가신 날
인산인해를 이루며
해인사 올라가는 길에
폐타이어를 양쪽 다리에 친친 감고
플라스틱 바구니를 앞에 놓고
엎드려 구걸하는 한 사내를 만났습니다
나는 급히 지나가다가 걸음을 멈추고
오늘 돈 좀 벌었느냐고 넌지시 물어보았습니다
그러자 그가 큰스님은 돌아가시고 나서도
이렇게 저를 돌보아주십니다 하고
싱글벙글 웃으면서 말했습니다
정말 그의 플라스틱 바구니엔
천원짜리 사이사이에
만원짜리도 몇장 섞여 있었습니다

성철 스님을 다비하고
가물가물 연화대의 흰 연기처럼 사그라진

마음을 버리지 못하고
해인사 내려오는 길에
무릎 없는 그 걸인을 다시 만났습니다
나는 돈 좀 더 많이 벌었느냐고
그에게 또 넌지시 물어보았습니다
그러자 그가 지금까지 번 돈 중에서
가장 많이 벌었다면서
성철 스님처럼 빙그레 웃었습니다
정말 그의 플라스틱 바구니엔
미처 그가 거두지 못한 만원짜리 지폐가
가야산 낙엽처럼 수북이 쌓여 있었습니다

시립 화장장 장례지도사 김씨의 저녁

아직 달도 뜨지 않았는데
멀리 마을에서 들려오는 저녁 종소리가
화장장 높은 굴뚝을 휘감아 돕니다
오늘도 부지런히 세 분의 시신을 돌보아드렸습니다
부서진 뼈를 맞추고 상처를 꿰매고
목욕을 시켜드리고 수의를 입혀
고요히 화장장으로 옮겨드렸습니다
교통사고로 훼손이 심한 한분은
짚으로 한쪽 다리를 만들어 관 속에 넣어드리자
고맙다고 고개를 끄덕이셨습니다
온기가 남아 있는 유골함을 받아들고
울먹이던 유족들은 이제 보이지 않습니다
아마 가까운 식당에서 유골함을 옆에 둔 채
갈비탕을 먹거나 빈 속에 술을 마시며
인생을 미워하고 있을지도 모릅니다
얼음이 많으면 강물이 많듯이
저는 죄가 많아 눈물도 많습니다

언제나 한마리 짐승에 지나지 않았던 저는
늘 지옥말고는 갈 데가 없었습니다
죽은 고래보다
살아 있는 한마리 피라미가 더 소중하다고
천년을 함께 있어도 한번은 이별해야 한다고
포장마차의 흐린 불빛에 기대어
동료들과 몇잔의 소주를 들이켜고
집으로 돌아가는 버스를 타면
오늘 돌보아드렸던 그분들처럼
저도 쓸쓸히 종점에서 내립니다

갓난아기를 위한 장례미사

우리가 정원의 꽃 중에서
가장 아름다운 꽃을 꺾어
방안을 장식하듯이
하느님도 가장 아름다운 인간을 꺾어
천국을 장식합니다
그러므로 오늘 만 2세 김영훈 아기의
어린 영혼을 위하여
전능하신 천주께 기도합시다
저희는 주님의 종 김영훈 아기의 생애가
너무나 짧았음을 슬퍼하오며
그를 겸손되이 주님께 맡겨드리오니

새벽 장례미사 도중에
제대 앞에 앉아 있던 젊은 엄마가
쓰러질 듯
터져나오는 울음을 더는 견디지 못하고
급히 성당 문을 열고 나온다

눈이 내린다
새벽하늘에 소리없이
검은 눈이 내린다

촛불의 그늘

우리는 촛불도 나누어 먹는다
밝음보다 어둠을 더 많이 섞어 만든
햇빛보다 별빛을 더 많이 섞어 만든
촛불을 한자루씩 나누어 들고
물고기가 물에서 물을 찾듯이
오늘은 길 위에서 길을 찾는다

마음의 어둠이 너무 어둡다
광화문을 가득 메우고 남대문을 향하여
천천히 촛불을 들고 나아갈 때
돌로 만든 떡을 나누어 먹어
배는 고프지 않았으나
마음은 너무 고파
나는 아스팔트라도 뜯어먹을 것 같았다

너는 예수의 옷자락에 손을 대보았니
나는 오늘 저녁

거리를 걸으며 믿음은 없었으나
내 앞을 걸어가는
예수의 옷자락에 가만히 손을 대보았다

예수가 촛불로 가만히 나를 바라보았다
미소보다 눈물을 더 많이 섞어 만든
빛보다 그림자를 더 많이 섞어 만든
촛불의 눈길로 은은하게 나를 바라보다가
또 하나의 촛불을 건네주었다

겨울 한강

초겨울 한강 시민공원
청둥오리 몇마리 물 위에 필사적으로 떠 있고
노숙자들이 모여 축구시합을 한다
그래도 누님같이 따스한 햇살에게 고맙다고
언제나 안아주는 지하철 벽들에게 고맙다고
누가 발로 차면 차는 대로
이리저리 축구공이 되어 굴러간다

잠을 자도 꿈이 없어서
집에 가도 집이 없어서
먹다 남긴 빵과 우유와 소주와
신문지와 담배꽁초와 종이박스를
꾸역꾸역 다 먹고
하늘 높이 치솟았다가 한강에 떨어져
청둥오리와 나란히 물 위를 떠다닌다

청둥오리는 물 위에 고요히 떠 있지만

물 속에서는 필사적으로 물갈퀴를 놀리고 있다고
세상이 아프니 내가 아프다고
내가 아프니 세상도 아프다고
몇번이나 몸을 떨며 자맥질을 하다가
그만 물의 밑바닥까지 들어가
나오지 않는다

밤의 십자가

밤의 서울 하늘에 빛나는
붉은 십자가를 가만히 들여다보면
십자가마다 노숙자 한사람씩 못 박혀
고개를 떨구고 있다
어떤 이는 아직 죽지 않고 온몸을 새처럼
푸르르 떨고 있고
어떤 이는 지금 막 손과 발에 못질을 끝내고
축 늘어져 있고
또 어떤 이는 옆구리에서 흐른 피가
한강을 붉게 물들이고 있다
비바람도 천둥도 치지 않는다
밤하늘엔 별들만 총총하다
시민들은 가족의 그림자들까지 한집에 모여
도란도란 밥을 먹거나
비디오를 보거나 발기가 되거나
술에 취해 잠이 들 뿐
아무도 서울의 밤하늘에 노숙자들이

십자가에 못 박혀 죽어가는 줄을 모른다
먼동이 트고
하나둘 십자가의 불이 꺼지고
샛별도 빛을 잃자
누구인가 검은 구름을 뚫고
고요히 새벽 하늘 너머로
십자가에 매달린 노숙자들을
한명씩 차례차례로 포근히
엄마처럼 안아 내릴 뿐

김수환 추기경의 기도하는 손

서울에 푸짐하게 첫눈 내린 날
김수환 추기경의 기도하는 손은
고요히 기도만 하고 있을 수 없어
추기경 몰래 명동성당을 빠져나와
서울역 시계탑 아래에 눈사람 하나 세워놓고
노숙자들과 한바탕 눈싸움을 하다가
무료급식소에 들러 밥과 국을 퍼주다가
늙은 환경미화원과 같이 눈길을 쓸다가
부지런히 종각역에서 지하철을 타고
껌 파는 할머니의 껌통을 들고 서 있다가
전동차가 들어오는 순간 선로로 뛰어내린
한 젊은 여자를 껴안아주고 있다가
인사동 길바닥에 앉아 있는 아기부처님 곁에 앉아
돌아가신 엄마 얘기를 도란도란 나누다가
엄마의 시신을 몇개월이나 안방에 둔
중학생 소년의 두려운 눈물을 닦아주다가
경기도 어느 모텔의 좌변기에 버려진

한 갓난아기를 건져내고 엉엉 울다가
김수환 추기경의 기도하는 손은
부지런히 다시 서울역으로 돌아와
소주를 들이켜고
눈 위에 라면박스를 깔고 웅크린
노숙자들의 잠을 일일이 쓰다듬은 뒤
서울역 청동빛 돔 위로 올라가
내려오지 않는다
비둘기처럼

잔치국수

중년의 여자가
포장마차에서 잔치국수를 먹고 있다
누가 신다 버린 낡은 운동화를 신고
주저앉을 듯 선 채로
때묻은 보따리는 바닥에 내려놓고
포장 사이로 그믐달은 이미 기울었는데
한잔 건네는 소주도 없이
잔치는 사라지고 국수만 먹고 있다
파를 다듬고 생선살을 발라내어
치자빛 전을 부치던 그 봄날의
잔치는 어디 가고 빈 그릇만 남았는가
첫날밤을 울리던 새벽 장닭 소리는
더이상 들리지 않고
돼지우리를 밝히던 고향의 푸른 별빛은
더이상 보이지 않고
여자는 남은 국물마저 훌훌 다 들이켜고
다시 길을 걷는다

옆구리에 보따리를 꼭 끼고 느릿느릿
발자국도 안 남기고
길 없는 길을

영등포가 있는 골목

영등포역 골목에 비 내린다
노란 우산을 쓰고
잠시 쉬었다 가라고 옷자락을 붙드는
늙은 창녀의 등뒤에도 비가 내린다
행려병자를 위한 요셉병원 앞에는
끝끝내 인생을 술에 바친 사내들이 모여
또 술을 마시고
비 온 뒤 기어나온 달팽이들처럼
언제 밟혀 죽을지도 모르고 이리저리 기어다닌다
영등포여
이제 더이상 술을 마시고
병든 쓰레기통은 뒤지지 말아야 한다
검은 쓰레기봉지 속으로 기어들어가
홀로 웅크리고 울지 말아야 한다
오늘밤에는
저 백열등 불빛이 다정한 식당 한구석에서
나와 함께 가정식 백반을 들지 않겠느냐

혼자 있을수록 혼자 되는 것보다는
혼자 있을수록 함께 되는 게 더 낫지 않겠느냐
마음에 꽂힌 칼 한자루보다
마음에 꽂힌 꽃 한송이가 더 아파서
잠이 오지 않는다
도대체 예수는 어디 가서 아직 돌아오지 않는가
영등포에는 왜 기차만 떠났다가
다시 돌아오는가

연평도

해안가 철책 위에 봄이 오면

갈매기들은 연평도를 입에 물고 날아가 돌아오지 않는다

어린 초병의 날카로운 눈빛에 봄빛이 돌고

꽃게잡이 어선들이 다투어 새벽바다를 가르면

연평도는 첨벙첨벙 바다 속으로 걸어 들어가

꽃게들에게 무릎을 꿇고 운다

용서하시라고

어디든 자유롭게 오가시라고

무릎을 꿇은 채 청색꽃게들의 손을 잡고 운다

바다 속에는

바다의 모래와 풀잎 속에는

북방한계선도 군사분계선도 없으니 염려 말라고

꽃게들도 딱딱한 껍질 속에 숨겨놓은 뜨거운 가슴을
열고

연평도를 꼭 껴안고 운다

제발 서로 싸우지 말라고

싸워서 서럽게 죽지도 말라고

죽어서도 서로 미워하지 말라고
모래 속에 묻어둔 집게손을 꺼내어
울먹이는 연평도의 어깨를 토닥인다
해 뜨기 전에
꽃게잡이배를 타고 다시 새벽바다로 떠난 선원들이
부두에 꽃게들을 쏟아놓으면
연평도는 꽃게들에게 다시 무릎을 꿇고 머리를 숙인다
해 지도록 그물에 걸린 꽃게를 따는 아낙네들은 안다
서해의 낙조가 왜 서러운지를
연평도가 왜 가끔 바다 속에 들어가 나오지 않는지를
꽃게를 따다가 그만 꽃게가 되는 아낙네들은 안다
왜 갈매기가 가끔 연평도를 입에 물고 먼바다로 날아가
돌아오지 않는지를

불일폭포

떨어져 죽어야 사는 것이다
물보라를 이루며 산산조각으로
떨어지고 또 떨어져 죽어야
사는 것이다
떨어져 죽어도 울지는 말아야 하는 것이다
떨어져 죽어도 뒤돌아보지는
어머니를 부르지는
더더욱 말아야 하는 것이다
저 푸른 소에 힘차게 뛰어내려 죽지 않으면
저 검푸른 용소에 휩싸여
한 천년 부대끼며 함께 살지 않으면
흐를 수 없는 것이다
흐르는 물처럼 살 수 없는 것이다
산과 들을 버리고
밑바닥이 되어 멀리 흘러가지 않으면
흐르는 물처럼 언제나 새롭게
살 수 없는 것이다

제2부

어린 낙타

사막에서는
흐르는 강물처럼 살지 말고
어딘가에 고여 있는
작은 우물처럼 살아야 한다고
누군가에게 마음을 빼앗겨야
사막을 움직일 수 있다고
모래도 한때는 별이었다고
사랑하면 더 많은 별이 보인다고
살아가노라면 그래도
착한 끝은 있다고
러시아제 낡은 지프차를 타고
고비사막의 길 없는 길을 달릴 때
먼 지평선 너머로
지는 해를 등에 지고
홀로 걸어가던
어린 낙타 한마리

국화빵을 굽는 사내

당신은 눈물을 구울 줄 아는군
눈물로 따끈따끈한 빵을 만들 줄 아는군
오늘도 한강에서는
사람들이 그물로 물을 길어 올리는데
그 물을 먹어도 내 병은 영영 낫지 않는데
당신은 눈물에 설탕도 조금은 넣을 줄 아는군
눈물의 깊이도 잴 줄 아는군
구운 눈물을 뒤집을 줄도 아는군

부드러운 칼

칼을 버리러 강가에 간다
어제는 칼을 갈기 위해 강가로 갔으나
오늘은 칼을 버리기 위해 강가로 간다
강물은 아직 깊고 푸르다
여기저기 상처 난 알몸을 드러낸 채
홍수에 떠내려온 나뭇가지들 옆에 앉아
평생 가슴속에 숨겨두었던 칼을 꺼낸다
햇살에 칼이 웃는다
눈부신 햇살에 칼이 자꾸 부드러워진다
물새 한마리
잠시 칼날 위에 앉았다가 떠나가고
나는 푸른 이끼가 낀 나뭇가지를 던지듯
강물에 칼을 던진다
다시는 헤엄쳐 되돌아올 수 없는 곳으로
갈대숲 너머 멀리 칼을 던진다
강물이 깊숙이 칼을 껴안고 웃는다
칼은 이제 증오가 아니라 미소라고

분노가 아니라 웃음이라고
강가에 풀을 뜯던 소 한마리가 따라 웃는다
배고픈 물고기들이 우르르 칼끝으로 몰려들어
톡톡 입을 대고 건드리다가
마침내 부드러운 칼을 배불리 먹고
뜨겁게 산란을 하기 시작한다

나비

어느 봄날
셔터가 내려진 청계천 평화시장
쓰레기도 깊이 잠든 골목 끝
빈 지게를 내려놓고
늙은 지게꾼 한분
차가운 셔터문에 기대 잠들어 있고
어디서 날아왔을까
그분의 지겟가지 끝에
노랑나비 한마리 앉아 고요하다
거름지게를 지고
이슬에 바짓가랑이를 흠뻑 적시며
평생 새벽길을 걸어가셨던
아버지를 꿈꾸는 것일까
나비는 좀처럼 날아가지 않는다
그분이 깨어나면
함께 짐을 지고 가려고
그분이 일어나

동대문 쪽으로 걸어가면
그대로 지게 끝에 앉아
길을 건너려고

가시

지은 죄가 많아
흠뻑 비를 맞고 봉은사에 갔더니
내 몸에 꽃들이 피어나기 시작했다
손등에는 채송화가
무릎에는 제비꽃이 피어나기 시작하더니
야윈 내 젖가슴에는 장미가 피어나
뚝뚝 눈물을 흘리기 시작했다
장미같이 아름다운 꽃에 가시가 있다고 생각하지 말고
이토록 가시 많은 나무에
장미같이 아름다운 꽃이 피었다고 생각하라고
장미는 꽃에서 향기가 나는 게 아니라
가시에서 향기가 나는 것이라고
가장 날카로운 가시에서 가장 멀리 가는 향기가 난다고
장미는 시들지도 않고 자꾸자꾸 피어나
나는 봉은사 대웅전 처마 밑에 앉아
평생토록 내 가슴에 피눈물을 흘리게 한
가시를 힘껏 뽑아내려고 하다가
슬며시 그만두었다

어머니를 위한 자장가

잘 자라 우리 엄마
할미꽃처럼
당신이 잠재우던 아들 품에 안겨
장독 위에 내리던
함박눈처럼

잘 자라 우리 엄마
산 그림자처럼
산 그림자 속에 잠든
산새들처럼
이 아들이 엄마 뒤를 따라갈 때까지

잘 자라 우리 엄마
아기처럼
엄마 품에 안겨 자던 예쁜 아기의
저절로 벗겨진
꽃신발처럼

살모사

나는 어머니를 죽이지 않았습니다
나를 자꾸 따라오시는 어머니의 발소리를 죽였습니다
나는 어머니를 죽이지 않았습니다
어머니를 자꾸 따라가는 내 발자국을 죽였습니다

나는 결코 어머니를 죽이지 않았습니다
잊을 수 없는 어머니의 추억을 죽였습니다
나는 결코 어머니를 죽이지 않았습니다
견딜 수 없는 어머니의 그리움을 죽였습니다

나를 자꾸 따라오시는 어머니의 추억에 붙들리는 밤이면
　내가 자꾸 따라가는 어머니의 그리움에 붙들리는 순간
이면
　내가 가지 않으면 안되는 인간의 길을
　한발자국도 나아갈 수가 없었습니다

참회

나 이 세상에 태어나
지금까지 나무 한그루 심은 적 없으니
죽어 새가 되어도
나뭇가지에 앉아 쉴 수 없으리

나 이 세상에 태어나
지금까지 나무에 물 한번 준 적 없으니
죽어 흙이 되어도
나무 뿌리에 가닿아 잠들지 못하리

나 어쩌면
나무 한그루 심지 않고 늙은 죄가 너무 커
죽어도 죽지 못하리

산수유 붉은 열매 하나 쪼아먹지 못하고
나뭇가지에 걸린 초승달에 한번 앉아보지 못하고
발 없는 새가 되어
이 세상 그 어디든 앉지 못하리

미리 읽어본 아버지의 유서

너는 이제 더이상 시 쓰지 마라
그저 차나 한잔 마셔라
배고파도 더이상 밥 먹지 말고
보고 싶어도 더이상 찾아가지 마라
사랑이란
이별의 순간이 다가오기 전까지는
그 깊이를 알지 못한다
이 세상에 더이상 남길 것은 없다
나는 그저 간다
어디로 가는지 나는 모른다
좀 있다가 목이 마르면
그저 물이나 한잔 마시다가
너도 너 혼자 어디로 가라

내 가슴에

내 가슴에 손가락질하고 가는 사람이 있었다
내 가슴에 못질하고 가는 사람이 있었다
내 가슴에 비를 뿌리고 가는 사람이 있었다
한평생 그들을 미워하며 사는 일이 괴로웠으나
이제는 내 가슴에
똥을 누고 가는 저 새들이
그 얼마나 아름다우냐

마음에 집이 없으면

마음에 집이 없으면
저승도 가지 못하지
저승에 간 사람들은 다들
마음에 집이 있었던 사람들이야

마음에 집이 없으면
사랑하는 애인도 데려다 재울 수 없지
잠잘 데 없어 떠도는 사람
잠 한번 재워주지 못한 죄
그 대죄를 결코 면할 수 없지

마음에 집이 없으면
마당도 없고 꽃밭도 없지
꽃밭이 없으니 마음속에
그 언제 무슨 꽃이 피었겠니

마음에 집이 없으면

풍경소리도 들을 수 없지
마음에 세운 절 하나 없어
아무도 모시지도 못하고
누가 찾아와 쉬지도 못하고

마음에 집이 없으면
결국 집에 가지 못하지
집에 못 가면
저승에 계신 그리운 어머니도
뵙지 못하지

꽃과 돈

돈을 벌어야 사람이
꽃으로 피어나는 시대를
나는 너무나 오래 살아왔다
돈이 있어야 꽃이
꽃으로 피어나는 시대를
나는 죽지 않고
너무나 오래 살아왔다

이제 죽기 전에
내가 마지막으로 해야 할 일은
꽃을 빨래하는 일이다
꽃에 묻은 돈의 때를
정성 들여 비누칠해서 벗기고
무명옷처럼 빳빳하게 풀을 먹이고
꽃을 다림질하는 일이다

그리하여 죽기 전에

내가 마지막으로 해야 할 일은
돈을 불태우는 일이다
돈의 잿가루를 밭에 뿌려서
꽃이 돈으로 피어나는 시대에
다시 연꽃 같은
맑은 꽃을 피우는 일이다

똥

나는 요즘 개똥을 눈다
강가에 나가 칼을 버리고 난 뒤로
강가에 앉아 혀를 버리고 난 뒤로
강가에 개똥을 한무더기 누고
집으로 돌아간다
그동안 사람 똥을 눌 때는 그렇지 않았으나
강가에 개똥을 눈 이후로는
내가 눈 똥 위에도
바람이 불고 눈이 내린다
개똥 냄새가 난다고
아내와 아이들이 나를 멀리해도
벗들이 손가락질을 하며 찾아오지 않아도
나는 이제 슬퍼하지 않으리라
오히려 내일은
밭고랑을 쟁기질하는 소를 따라가
소똥을 누리라
그리고 또 내일에는

오랫동안 나뭇가지에 앉아 있다가
하늘을 날며 새똥을 누리라

겨울 산길을 걸으며

겨울 산길 어린 상수리나무 밑에

누가 급히 똥을 누고 밑씻개로 사용한

종이 한장이 버려져 있었다

나는 나를 앞질러 가는 사람들을 급히 따라가다가

무심코 발을 멈추고

그 낡은 종이를 잠시 들여다보았다

누구나 어린아이의 마음이 되지 않고서는

천국에 들어갈 수 없다는

성경 말씀이 깨알같이 인쇄된 부분에

빛바랜 똥이 묻어 있었다

누가 하느님의 말씀으로

똥을 닦을 자격이 있었던 것일까

혹시 어린 아들과 추운 산길을 가던 젊은 엄마가

급히 성경책을 찢어

아들의 똥을 닦아준 것이 아니었을까

겨울 산길을 천천히 홀로 걸으며

나를 앞질러 가는 사람들을 모두 먼저 보내고

나는 지금부터라도
어린아이의 마음이 사는 마을로 가서
봄을 맞이하게 해달라고 간절히 기도하였다

닭

병든 아들을 위하여
젊은 어머니가 부엌칼로
닭의 목을 힘껏 내리쳤습니다
낮달이 놀라 말없이 소리치고
꽃은 더욱 붉은데
모가지가 없는 닭이
온 마당을 빠른 속도로
정신없이 이리저리 뛰어다녔습니다
저도 지금 그 닭처럼
정신없이 이리저리 뛰어다닙니다
여전히 햇살은 눈부시고
꽃은 붉은데
이제 곧 그 닭처럼
제풀에 꺾여 픽 쓰러지겠지요
멀리 떨어져나간 모가지를 향하여
길게 다리를 쭉 뻗은 채

불면

이 세상에 꽃이 피는 건
죽어서 꽃으로 피어나고 싶은 사람이 있는 까닭이다
그래도 이 세상에 사람이 태어나는 건
죽어서 사람으로 태어나고 싶은 꽃이 있는 까닭이다
그렇지 않다면
정녕 그렇지 않다면
왜 꽃이 사람들을 아름답게 하고
왜 사람들이 가끔 꽃에 물을 주는가
그러나 나는 평생 잠을 이루지 못한다
왜 꽃처럼 아름다운 인간의 마음마다
짐승이 한마리씩 들어앉아 있는지
왜 개 같은 짐승의 마음속에도
아름다운 인간의 마음이 들어앉아 있는지
알 수가 없어
나는 평생 불면의 밤을 보내는
한마리 짐승이다

아버지를 찾아서

겨울새들에게 주려고
호주머니에 늘 생보리를 넣고 다니시던
새싹들이 밟혀 죽는다고
제발 좀 살살 걸어다니라고 야단을 치시던
돈은 나무가 아니므로
더이상 물을 주지 말라고 하시던
인간은 사랑하지 않을 때 외롭다고
술만 취하시면 나무를 보고 꾸벅 절을 하시던
내 얼굴에 침을 뱉은 나를
그래도 용서해주시던
아버지를 찾아서
나는 오늘도 지하철을 탄다
승강장 입구 쪽으로 한 사내가 바삐 걸어간다
아버지인가 싶어 얼른 다가가 본다
아버지가 아니다
술집을 나와 한 사나이가 비틀걸음으로
골목 모퉁이를 돌아선다

아버지인가 싶어 얼른 따라가 본다
아버지가 아니다

윤동주 시집이 든 가방을 들고

나는 왜 아침 출근길에
구두에 질펀하게 오줌을 싸놓은
강아지도 한마리 용서하지 못하는가
윤동주 시집이 든 가방을 들고 구두를 신는 순간
새로 갈아 신은 양말에 축축하게
강아지의 오줌이 스며들 때
나는 왜 강아지를 향해
이 개새끼라고 소리치지 않고는 견디지 못하는가
개나 사람이나 풀잎이나
생명의 무게는 다 똑같은 것이라고
산에 개를 데려왔다고 시비를 거는 사내와
멱살잡이까지 했던 내가
왜 강아지를 향해 구두를 내던지지 않고는 견디지 못
하는가
세상에서 가장 어려운 일은
사람의 마음을 얻는 일이라는데
나는 한마리 강아지의 마음도 얻지 못하고

어떻게 사람의 마음을 얻을 수 있을까
진실로 사랑하기를 원한다면
용서하는 법을 배워야 한다고
윤동주 시인은 늘 내게 말씀하시는데
나는 밥만 많이 먹고 강아지도 용서하지 못하면서
어떻게 인생의 순례자가 될 수 있을까
강아지는 이미 의자 밑으로 들어가 보이지 않는다
오늘도 강아지가 먼저 나를 용서할까봐 두려워라

내 그림자에게

이제 우리 헤어질 때가 되었다
어둠과 어둠 속으로만 떠돌던 나를
그래도 절뚝거리며 따라와주어서 고맙다
나 대신 차에 치여 다리를 다친 일과
나 대신 군홧발에 짓이겨진 일은
지금 생각해도 미안하다
가정법원의 딱딱한 나무의자에 앉아
너 혼자 울면서 재판 받게 한 일 또한 미안하지만
이제 등에 진 짐은 다 버리고
신발도 지갑마저도 다 던져버리고
가볍게 길을 떠나라
그동안 너는 밥값도 내지 않고 내 밥을 먹었으나
이제 와서 내가 밥값은 받아서 무엇하겠니
굳이 눈물 흘릴 필요는 없다
뒤돌아서서 손 흔들지 말고
가라
인간이 사는 곳보다

새들이 사는 곳으로 가서
어린 나뭇가지에서 어린 나뭇가지로 날아다니는
한마리 새의 그림자가 돼라

이별

살얼음 끄트머리에 가벼이 앉아 있던
가창오리떼는 어찌하여 한강을 떠나는가
하루에 세 번씩 내 청춘을 때리던
노량진 성당의 종소리는 어찌하여
저녁놀이 사라지기도 전에 붉게 사라지는가
보름달은 또 어찌하여 초승달이 되어
한강철교 위로 홀연히 떠올라
내 그토록 우러러보던 초월의
가장 가난한 자세를 보여주는가
강물은 한순간에 한강을 놓아버리고
유유히 바다로 흘러가는데
파도는 섬기슭 끝까지 달려갔다가
한순간에 수평선 끝까지 물러나는데
나는 아직 돈도 사랑도 버리지 못하고
꾸역꾸역 밥과 국만 먹는다
처마 끝에 맺힌 고드름도
한순간에 마당에 툭 떨어지는데

나는 아직 이별의 순간을 떨치지 못하고 운다
운주사에 종 치러 간 당신은
왜 아직 돌아오지 않는가
부석사 석등에 불 밝히러 간 당신은
왜 아직 돌아오지 않는가

사랑에게

나의 눈물에는 왜 독이 들어 있는가
봄이 오면 봄비가 고여 있고
겨울이 오면 눈 녹은 맑은 물이
가득 고여 있는 줄 알았더니
왜 나의 눈물에는 푸른 독이 들어 있는가
마음에 품는 것마다
다 독이 되던 시절이 있었으나
사랑이여
나는 이제 나의 눈물에 독이 없기를 바란다
더이상 나의 눈물이
당신의 눈물을 해치지 않기를 바란다
독극물이 든 검은 가방을 들고
가로등 불빛에 길게 그림자를 남기며
더이상 당신 집 앞을
서성거리지 않게 되기를 바란다
살아간다는 것은 독을 버리는 일
그동안 나도 모르게 쌓여만 가던 독을 버리는 일

버리고 나서 또 버리는 일
눈물을 흘리며
해독의 시간을 맞이하는 일

야간분만

나도 임신할 수 있었으면
나도 여자처럼 만삭이 되어
아이를 낳을 수 있었으면
갓난아기를 품에 안고 젖꼭지를 물리고
창 밖에 떠오르는 보름달을 쳐다보며
평화롭게 젖을 한번 먹여보았으면
젖을 먹이다가
아기의 눈동자에 눈부처가 되어 비친 나를
들여다보고 또 들여다보다가
나도 모르게 그만 눈물을 흘릴 수 있었으면
내가 사랑하던 여자가 걸어가는
저승길을 함께 걸어가다가
잠깐 포옹하고
다시 헤어져 돌아온 오늘밤
그녀가 잠시 머물렀던 영안실이 있던 병원의
야간분만 붉은 표시등을
오랫동안 바라보다가

그토록 엄마가 되고 싶어했던

사랑했던 그 사람처럼

나도 엄마가 될 수 있었으면

빈손

나 아기로 태어나 엄마 손을 처음 잡았을 때
나의 손은 빈손이었으나
내가 아버지가 되어 아가 손을 처음 잡았을 때도
나의 손은 따스한 빈손이었으나

예수의 손도 십자가에 못 박혀 매달리기 전에
목수로 일하면서 생긴
굳은살이 박혀 있는 빈손이었으나

지금 나의 손은
그 누구의 손도 다정히 잡아주지 못하고
첫서리가 내린 가을 들판의 볏단처럼
고요히 머리 숙여 기도하지 못하고
얼음처럼 차고 산처럼 무겁다

나 아기로 태어나
처음 엄마 손을 잡았을 때는 빈손이었으나

내 손을 잡아준 엄마도 결국
빈손으로 이 세상을 떠나셨으나

바지락칼국수를 먹으며

바지락칼국수 국물 위로 떠오른
조갯살을 날렵하게 집어먹는다고 해서
내가 붉은어깨도요새가 될 수 있겠는가
바지락 조개껍질에 아직 남아 있는
갯벌의 잔모래를 씹어먹었다고 해서
잔모래에 아직 남아 있는
파도소리에 고요히 귀기울였다고 해서
내가 가슴붉은도요새의 가슴이 될 수 있겠는가
내가 먼저 썰물이 되지 않고서는
내가 먼저 새들이 자유롭게 발자국을 찍어대는
맛있는 갯벌이 되지 않고서는
어떻게 머루처럼 까만 민물도요새의
눈동자에 걸린 수평선이 될 수 있겠는가
이제 돌아가실 날만 남은
틀니뿐인 늙은 아버지와
자장면보다 맛있는 바지락칼국수를 먹으며
식탁 위에 젓가락으로 수북이

조개껍질을 쌓아놓았다고 해서
어떻게 내가 거룩한 패총이 될 수 있겠는가

꿈속의 꿈

나를 못 박을 무거운 십자가 하나 등에 지고
여름산을 오른다
조금만 발걸음을 멈추어도 누가 채찍을 내리친다
목이 마르다
무릎을 꺾고 땅에 쿵 십자가를 내려놓는다
한 여자가 달려와 발길로 물그릇을 차버린다
사방을 둘러보아도
내 대신 십자가를 지고 갈 사람은 보이지 않고
어디선가 그분의 말씀이 들린다
십자가를 등에 지고 가지 말고 품에 안고 가라
나는 얼른 그분한테 달려가 무릎을 꿇는다
십자가를 좀 바꾸어주세요
도저히 무거워서 지고 갈 수가 없어요
그가 빙긋이 웃으면서 나를 어느 숲으로 데리고 간다
숲에는 누가 버리고 간 것일까
크고 작은 수많은 십자가들이 여기저기 흩어져 있다
이 중에서 마음에 드는 걸 하나 골라보렴

나는 그분의 말씀대로 이것저것 몇날 며칠 고르다가
가장 작고 가벼워 보이는 십자가를 하나 골라
등에 지고 다시 산을 오른다
여전히 십자가가 무겁다
등이 휠 것 같다
몇걸음 떼어놓지 못하고 다시 쿵 십자가를 내려놓자
그분이 조용히 내게 다가와 말씀하셨다
그 십자가가 원래 네가 지녔던 바로 그 십자가다

작은 주먹

나에게도 벽을 내리치던 작은 주먹이 있었다
절벽을 내리치며 울던 작은 주먹이 있었다
상처 없는 주먹을 지니지 않고서는
먼 길을 떠날 수 없고
이미 먼 길을 떠난 뒤에는
오히려 상처뿐인 주먹이 힘이 된다고
절벽을 내리치고 꼬꾸라지던
슬픈 주먹이 있었다

물론 허공에 흩날리던 눈발을 내리칠 때도 있었다
어이없게도 보름달 한번 되어보지 못한
불쌍한 초승달을 힘껏 내리치고
서둘러 밤길을 헛디디며 달려갈 때도 있었다
나를 배반함으로써 기어이 나의 스승이 된
벗들의 가슴을 내리치고 후회할 때도 있었다
가장 부드러운 것이 가장 강한 것을 이긴다는
믿음을 믿지 않기 위하여

밤새도록 가슴을 후려치며 혼자 울 때도 있었다

그러나 나는 이제
꽃봉오리가 꽃잎을 펴듯 주먹을 편다
살아가는 동안 언제나 불끈
주먹을 쥐어야만 되는 줄 알았던 손을 펴자
내 작은 주먹에서 맑은 물소리가 들린다
오직 살아남기 위하여
벽이 달려와 내 주먹을 내리쳐도
절벽이 달려와 내 주먹을 내리쳐도
절벽을 뛰어내리는 힘찬 폭포소리가 들린다
거침없이 계곡을 휘돌아 흐르는
맑은 물소리가 들린다

벽

나는 이제 벽을 부수지 않는다
따스하게 어루만질 뿐이다
벽이 물렁물렁해질 때까지 어루만지다가
마냥 조용히 웃을 뿐이다
웃다가 벽 속으로 걸어갈 뿐이다
벽 속으로 천천히 걸어 들어가면
봄눈 내리는 보리밭길을 걸을 수 있고
섬과 섬 사이로 작은 배들이 고요히 떠가는
봄바다를 한없이 바라볼 수 있다

나는 한때 벽 속에는 벽만 있는 줄 알았다
나는 한때 벽 속의 벽까지 부수려고 망치를 들었다
망치로 벽을 내리칠 때마다 오히려 내가
벽이 되었다
나와 함께 망치로 벽을 내리치던 벗들도
결국 벽이 되었다
부술수록 더욱 부서지지 않는

무너뜨릴수록 더욱 무너지지 않는
벽은 결국 벽으로 만들어지는 벽이었다

나는 이제 벽을 무너뜨리지 않는다
벽을 타고 오르는 꽃이 될 뿐이다
내리칠수록 벽이 되던 주먹을 펴
따스하게 벽을 쓰다듬을 뿐이다
벽이 빵이 될 때까지 쓰다듬다가
물 한잔에 빵 한조각을 먹을 뿐이다
그 빵을 들고 거리에 나가
배고픈 이들에게 하나씩 나눠줄 뿐이다

입관실에서

신부님이 성수를 뿌리고
마지막으로 내게 작별의 말을 하게 하자
아내가 먼저 내 얼굴을 쓰다듬으며 말했다
여보, 사랑해요
나는 쿡 웃음이 나왔다
사랑은 하되 사랑에 얽매이지 말라고
사랑은 사랑하는 이의 부족함을 사랑하는 것이라고
언젠가 주일미사 때
신부님이 말씀하실 때도 웃음이 나왔는데
나는 왜 인간의 입에서
사랑이라는 말만 나오면 웃음이 나오는 것일까
아빠, 죄송해요, 열심히 살게요
아들은 눈물부터 먼저 떨구었다
나도 눈물이 나 손등으로 눈물을 훔치는 순간
누가 관 뚜껑을 덮었다
나는 손가락으로 내 관을 톡톡 두드려보았다
관을 두드렸을 때 나는 소리의 맑고 흐림에 따라

그 사람의 일생을 평가할 수 있다는 말씀이 떠올라
어둠속에서 톡톡 내 관을 두드려보았다
아무 소리도 나지 않았다
푸른 솔바람 소리나 노을 지는 강가를 거니는
물새들의 발소리가 들릴 줄 알았으나
아무 소리도 들리지 않았다
아무리 두드려도

눈사람

눈 내리는 새해 아침에
새처럼 소리치며 아이들이
눈을 뭉쳐 서로 눈싸움을 하더니
그 중 한 아이가 연탄재를 굴려
눈사람을 만들고 있었다
애, 눈사람은 연탄재로 만드는 게 아니야
하얀 눈을 뭉쳐서 만드는 거야
나는 어른으로서 아이에게
어미까치처럼 점잖게 소나무에 앉아 훈계하고
아이가 만든 눈사람을 바라보았다
눈사람은 가슴에 연탄재를 품고
어느새 운주사 석불 같은 부처님이 되어 있었다
눈싸움을 마치고
다른 아이들이 만든 눈사람도
다들 부처님이 되어 빙긋이 웃고 있었다
펄펄 내리는 눈송이들이
눈사람 부처님 앞에 신나게 재롱을 떨다가

마른 풀잎 위에도
강아지가 뛰어간 발자국 위에도
고요히 내리고 있었다

버려진 골목

죽은 자동차의 시체가 버려진 지 이미 오래다
내장은 썩어 갈비뼈가 휑하니 드러나 있다
사람들은 인감도장을 들고
동사무소와 아파트 사이를 바삐 오갈 뿐
시취가 풍겨도 아무도 송장 치울 생각을 하지 않는다
피아노학원으로 가는 초등학생들이 가끔
백미러에 얼굴을 비쳐보고 지나가고
아직 버려지지 않은 개들이 가끔
오줌을 누고 지나갈 뿐
아무도 초상 치를 생각을 하지 않는다
바람에 낙엽이라도 우수수 달려오거나
제발 함박눈이라도 내려
고이고이 저 시체를 덮어주었으면 좋겠다
큰길 건너 성당의 수녀님이 잠시 달려와
성호라도 한번 그어주신다면 얼마나 좋으랴
오늘밤은 유난히 배가 고픈지
엔진을 갉아먹는 쥐들의 소리가 요란하다

도둑질을 하지 못하고 돌아온 도둑고양이들이
맛없는 시트 뜯어먹는 소리도 그치지 않는다
그믐달이 검은 구름 속으로 잠시 사라지자
아직 살아 있는 난 화분을
누가 시체 밑에다 재빨리 내던지고 사라진다
깨어진 화분 사이로 드러난 가는 춘란 뿌리가
버려진 골목 가로등 불빛에 허옇게 떨고 있다

무덤을 지키는 개

잊을 수 없었을 것이다
인생은 언제 어디서나 다시 시작할 수 있다는
어머니의 말씀을 결코 잊을 수 없었을 것이다

비록 구석으로 구석으로만 몰고 간 인생이었다 할지
라도
언제나 어머니의 손이 뒤따라와 등 따스이 쓰다듬어
주시던 것을
잊을 수 없었을 것이다

눈물에도 가시가 자란다는 것을
눈물에서 자란 가시에 찔려 눈이 멀었다 해도
인생은 비천한 것이 아니라 숭고한 것이라고 늘 말씀
하시던
어머니의 미소를 결코 잊을 수 없었을 것이다

눈 속에 피는 꽃의 열매가 되기 위하여

열매 속에 홀로 깊이 잠드신 어머니를 위하여
오늘 또 저렇게 눈 내린 무덤 위에 앉아 있을 것이다

키 작은 소나무 한그루 삐딱하게 서 있는 산기슭에
새벽달이 뜰 때까지
작은 돌탑처럼 말없이

유기견(遺棄犬)

하늘이 보시기에
개를 버리는 일이 사람을 버리는 일인 줄 모르고
사람들은 함부로 개를 버린다
땅이 보시기에
개를 버리는 일이 어머니를 버리는 일인 줄 모르고
사람들은 대모산 정상까지 개를 데리고 올라가 혼자
내려온다
산이 보시기에도
개를 버리는 일이 전생을 버리는 일인 줄 모르고
나무가 보시기에도
개를 버리는 일이 내생을 버리는 일인 줄 모르고
사람들은 거리에 개만 혼자 내려놓고 이사를 가버린다
개를 버리고 나서부터 사람들은
사람을 보고 자꾸 개처럼 컹컹 짖는다
개는 주인을 만나려고
떠돌아다니는 나무가 되어 이리저리 바람에 흔들리
다가

바람에 떠도는 비닐봉지가 되어 이리저리 거리를 떠돌
다가
마음이 가난해진다
마음이 가난한 개는 울지 않는다
천국이 그의 것이다

막장에서

미로와 같은 갱 속은 춥고 어두웠다
갱 양편으로 탄가루가 섞인 검은 지하수가 급히 흘러
갔다
나는 오직 헬멧에 달린 희미한 불빛만 의지하고
강원도 고한 광원 김장순 씨 뒤를 따라갔다
얼마나 걸었을까
더이상 갱도가 없는 막다른 곳에 이르자
갱벽 한가운데를 위로 뚫은 좁은 갱도가 또 하나 나타
나고
그곳이 바로 지하막장이었다
광원들은 좌우로 버팀목을 세우며 곡괭이를 찍으며
안으로 안으로 파 들어가고 있었다
나는 막장에 널브러진 버팀목 위에 가만히 앉아 있었다
캄캄한 땅 속 저 깊은 곳
어딘지도 모르는 한 지점에
한마리 바퀴벌레처럼 쪼그리고 앉아 숨을 할딱이고 있
었다

김장순 씨는 막장에 앉아 혼자 깜빡 졸 때도 있다고 하
면서
힘차게 곡괭이질을 멈추지 않았다
그가 막장을 나온 것은 점심시간이 되어서였다
그는 갱 속 사무실에 보관해둔 도시락을 꺼내
손도 씻지 않고 작업복 그대로 허옇게 이빨을 드러내고
다음달이면 농협 빚을 다 갚을 수 있다고 자랑하면서
밥을 처음 먹는 사람처럼 아주 맛있게 먹었다
밥은 꽁보리밥이었다
나는 밥에 탄가루가 떨어지는 것 같아 먹기가 싫은데도
자꾸 더 먹으라고 권하는 바람에 몇 젓가락 떠먹다가
혹시 소원이 있다면 무엇이냐고 물어보았다
그러자 그가 수줍은 듯 웃음을 띠면서 말했다
그야 물론 땅 위의 직업을 갖는 거지예

자살하는 이에게 바치는 시

풀잎은 이슬을 무거워하지 않기에
새벽마다 이슬이 앉았다가 사라집니다
꽃은 낙화의 때를 기다릴 줄 알기에
해마다 눈부시게 피어났다가 사라집니다
그분은 오늘도 당신 대신 못 박히러 갔기에
지금 막 고개를 떨구었습니다
이제 그만 당신은 조용히 돌아오세요
사랑하는 사람들을 배반하지 말라고
그분이 당신의 가난한 마음의 발을
고이 씻어드리지 않던가요
사람은 누구나 눈물과 결핍으로 만들어집니다
저와 함께 새벽 미사를 마치고
아직 어둠이 채 가시지 않은 골목으로
리어카를 끌고
빈 종이박스를 주우러 다니시는 할머니의
종이박스가 되어드려요
지게에 장작을 지고 장터로 가신

아버지도 평생 장작이 무겁지 않았습니다
죽기에 참 좋은 날이 있으면
살기에도 참 좋은 날이 있을 것입니다

물 위를 걸으며

물 속에 빠져
죽어도 좋다고 생각하고 물 위를 걸으면
물 속에 발이 빠지지 않는다

물 속에 빠져
한마리 물고기의 시체가 되어도 좋다고 생각하고
물 위를 걸으면
물 속에 무릎이 빠지지 않는다

그러니 사랑하는 이여
사랑하는 법을 배우기 위해 주어진
물 위를 걸어가는
이 짧은 시간 동안

물 속에 빠지지 않기를 바라지 말고
출렁출렁 부지런히 물 위를 걸어가라
눈을 항상 먼 수평선에 두고
두려워하지 말고

무릎

너도 무릎을 꿇고 나서야 비로소
사랑이 되었느냐
너도 무릎을 꿇어야만
걸을 수 있다는 것을 아는 데에
평생이 걸렸느냐
차디찬 바닥에
스스로 무릎을 꿇었을 때가 일어설 때이다
무릎을 꿇고
먼 산을 바라볼 때가 길 떠날 때이다
낙타도 먼 길을 가기 위해서는
먼저 무릎을 꿇고 사막을 바라본다
낙타도 사막의 길을 가다가
밤이 깊으면
먼저 무릎을 꿇고
찬란한 별들을 바라본다

생의 바닥에서 날아오르는 새

김수이

시인은 종이 위에 시를 쓰지 않는다. 풀잎과 강물, 벽과 거리, 사랑하는 사람의 얼굴, 내면의 미궁 등 삶의 수많은 지면 위에 쓴다. 이 구체적이면서 추상적인 삶의 지면에 시인은 자신의 기억과 운명과 깨달음을 정성스레 쓴다. 마치 경전에 글자 하나를 새길 때마다 부처님께 절을 올렸다는 옛 목공의 마음과 다를 것이 없다.

정호승은 새벽에 내린 흰 눈 위에 시를 쓴다. 그의 시의 배경에는 계절과 관계없이 자주 눈이 내린다. 혹은 그의 시의 계절은 대체로 겨울이다. 정호승이 시린 눈 위에 쓴 시들은 『슬픔이 기쁨에게』 『서울의 예수』 『새벽 편지』『별들은 따뜻하다』에서는 시대의 고통을 끌어안았고, 『사랑하다가 죽어버려라』『외로우니까 사람이다』『눈물이 나면 기차를 타라』에서는 상처받은 인간의 손을 잡아주었다. 정호승은 시심(詩心)이란 착하고 맑은 인간의 마음 자체이며, 타인과 나의 고통은 서로 이어져 있음을 증명해왔다. 실제로 정호승의 시에서 눈은 유독 세상의 아름다운 곳과 막다른 곳에 깊게 쌓인다. 두 곳은 하나가 되기도 하는데, 그 오버랩의 장소는 삶의 낮고 쓸쓸한 '바닥'이다. 눈은 세상의 어디에서든 바닥에 쌓이며, 인간의 고통과 진실 또한 내면의 바닥에 쌓인다. 그리고 인간에게는 바닥에 닿지 않으면 구할 수 없는 진실이 있다. 정호승의 시에서 힘겨운 삶(그 외연이 현실이든 역사든 일상이든)과 외로운 인간, 새벽의 눈은 이렇게 바닥을 통해 하나가 된다. 아니, 실은 처음부터 같은 바닥 위에 있다.

등단 30년 만에 펴낸 여덟번째 시집에서 정호승은 그 '바닥의 길'을, "내가 가지 않으면 안되는 인간의 길"(「살모사」)이라고 부른다. 지난 몇년 동안 시를 쓰지 못했던 정호승은 다시 펜을 잡고 '바닥의 길'로서의 '인간의 길'을 절실하게 묘사한다. 절실함은 정호승 시의 기질적 특징인 사랑과 용서, 정직과 참회가 빚어내는 진정성의 농도이다. 슬프면서도 따뜻하고, 섬세하면서도 견고한 정

호승의 시는 이 절실함으로 많은 이들의 가슴을 적셔왔
다. 그러나 정호승의 시가 아름다운 감동과 위안만을 선
사해온 것은 아니다. 정호승의 시는 삶의 견딜 수 없는
상처를 견디는 법을 일러주었고, 사랑을 잃은 후에도 타
인과 더불어 따뜻하게 살아가는 법을 가르쳐주었다. 그
러기 위해서 끊임없는 '자기 정화'와 '희생'이 필요하다는
것도 말해주었다. 요약하자면, 정호승은 사랑과 이별의
(슬픈) 지혜와, 절망과 희망의 (역설적인) 비밀을 전파하
는 전령사가 되어왔다. 정호승은 눈물을 시로 구울 줄 아
는 시인이며, 그 시가 다시 현실의 양식이 될 수 있도록
"구운 눈물을 뒤집을 줄도 아"(「국화빵을 굽는 사내」)는 시
인인 것이다.

이런 정호승의 시에는 도덕적으로 승화된 마조히즘의
요소가 짙게 깔려 있다. 도덕적으로 승화된 마조히즘이
란, 고통을 통해 타인과 세계를 구원하려는 고결한 자기
희생의 정신을 의미한다. 정호승의 시가 어둠의 시대에
는 한점 불빛이 되기를 원했고, '꽃과 돈'(「꽃과 돈」)의 시
대에는 상처로 곪은 사람들에게 소독제의 역할을 하기를
바라는 것은 이러한 자기희생적 지향성의 결과라고 할
수 있다. 이를 반증하듯, 정호승은 모두가 '바닥'을 피하
는 삶 속에서 스스로 바닥을 향해 떨어져내린다. "떨어

져 죽어야 사는 것"이며, 자신이 "밑바닥이 되어 멀리 흘러가지 않으면／흐르는 물처럼 언제나 새롭게／살 수 없는 것"(「불일폭포」)이라고 믿는 까닭이다. 그 추락한 바닥의 삶을 정호승은 일상의 곳곳에서 다양한 풍경으로 포착한다.

룸비니에서 사온
흙으로 만든 부처님이
마룻바닥에 떨어져 산산조각이 났다
(…)
그때 늘 부서지지 않으려고 노력하는
불쌍한 내 머리를
다정히 쓰다듬어주시면서
부처님이 말씀하셨다
산산조각이 나면
산산조각을 얻을 수 있지
산산조각이 나면
산산조각으로 살아갈 수 있지

—「산산조각」 부분

혹한이 몰아닥친 겨울 아침에 보았다

무심코 추어탕집 앞을 지나가다가
출입문 앞에 내어놓은 고무함지 속에
꽁꽁 얼어붙어 있는 미꾸라지들
결빙의 순간까지 온몸으로
시를 쓰고 죽은 모습을

—「시인」 부분

　　바닥에 떨어졌다고 삶이 끝나는 것은 아니다. 삶은 바닥에서도 계속된다. 그런데 바닥에서는 어떻게 살아가야 할까? 정호승이 내놓는 답은 이러하다. 바닥에 떨어져 "산산조각이 나면/산산조각을 얻"어 "산산조각으로 살아갈 수 있"다.(산산조각으로 살아갈 수 있다니! 가혹하지만 이상하게도 안심이 되는 말이다.) 만일 바닥에 얼어붙어 죽게 된다면, "결빙의 순간까지 온몸으로/시를" 써 자신의 전존재를 한편의 시로 바꿀 수 있다. 추락과 죽음은 삶을 종결시킬 수는 있어도 위협할 수는 없다. '산산조각'과 '결빙의 순간'조차 삶의 지독한 부분에 속해 있는 까닭이다. 때문에, "바닥의 바닥까지 갔다가/돌아온 사람들도 말한다/더이상 바닥은 없다고/바닥은 없기 때문에 있는 것이라고/ (…) /그냥 딛고 일어서는 것이라고."(「바닥에 대하여」)

정호승은 시인이란 누구보다 바닥에서 살아야 하는 존재라고 믿는다. 시인은 자신을 넘어 타인의 고통을 돌아보아야 하고, 그가 쓰는 시의 바닥은 그가 속한 현실의 바닥과 같아야 한다. 그렇게 씌어진 시는 현실을 생생하게 본뜬 당대의 상형문자가 돼야 한다. 등단 초기부터 고통받는 사람들과 함께 해온 정호승은, 이번 시집에서 그 구체적인 삶의 실상을 담아내는 데 몰두한다. 그가 주목하는 사람들은 대략 세 갈래로 나누어진다. 소외된 사람들과 정호승 자신의 가족들, 그리고 바로 그 자신이다.

먼저 정호승은 가난하고 버려진 사람들의 아픔에 주목한다. 노숙자, 독거노인, 무릎 없는 걸인, 시각장애인, 평화시장의 늙은 지게꾼, 장례식장 미화원, 강원도 고한의 광부, 만 2세에 죽은 아기, 자살하려는 사람들……. 여기에 물 먹는 소와 버려진 개, 죽은 자동차의 시체도 같은 대열을 이룬다.

밤의 서울 하늘에 빛나는
붉은 십자가를 가만히 들여다보면
십자가마다 노숙자 한사람씩 못 박혀
고개를 떨구고 있다

—「밤의 십자가」 부분

제발 함박눈이라도 내려

고이고이 저 시체를 덮어주었으면 좋겠다

—「버려진 골목」 부분

언제나 한마리 짐승에 지나지 않았던 저는

늘 지옥말고는 갈 데가 없었습니다

—「시립 화장장 장례지도사 김씨의 저녁」 부분

개는 주인을 만나려고

떠돌아다니는 나무가 되어 이리저리 바람에 흔들리

다가

바람에 떠도는 비닐봉지가 되어 이리저리 거리를 떠

돌다가

마음이 가난해진다

마음이 가난한 개는 울지 않는다

천국이 그의 것이다

—「유기견(遺棄犬)」 부분

이 시들을 읽노라면, 연민과 슬픔이야말로 사랑의 지
극한 기원임을 느끼게 된다. '천국'이란 삶의 안에서 이루어질 수 없는 평등을, 삶의 밖에서라도 이루려는 열망의 산물이라는 점도 이해하게 된다. 그런데 놀랍게도, 삶의 바닥에 놓인 사람들은 정호승이 "그토록 우러러보던 초월의/가장 가난한 자세를 보여"준다.(「이별」) 무릎 없는 걸인은 성철스님 돌아가신 날 평생 가장 많은 돈을 벌었다며 웃고(「걸인」), 꽁보리밥을 맛있게 먹으며 탄광에서 일하는 김장순 씨는 다음달이면 농협 빚을 다 갚을 수 있다고 자랑한다.(「막장에서」) 눈먼 아들을 위해 스님께 등(燈)을 부탁하는 늙은 어머니를 보며 맹인수녀는 "가슴에 촛불 하나 밝히고" 길을 떠난다.(「맹인수녀」) 또한 이 가난한 초월의 중심에 있을 법한 '시각장애인 식물원'에서는 "꽃들이 모두 인간의 눈동자"가 되어준다.(「시각장애인 식물원」)

 "마음이 가난한" 사람들에 관심을 갖는 데 이어, 정호승은 가족과 자신에 대해서도 진솔한 이야기를 털어놓는다. 지금까지 정호승은 가족과 개인사를 시의 표면에 드러내는 일이 많지 않았다. 예외적으로 이번 시집에서 그는 어머니와 아버지, 아들과 자신에 대해 많은 지면을 할애한다. 가족에 대해 그가 보여주는 감정과 태도는 의외로 복잡하다. 노쇠한 어머니에게는 한없는 사랑과 인간적인 연민을 표현하는 반면, 아들에 대해서는 안타까운

단절감과 거절당한 사랑의 비애를, 자신에 대해서는 상
실감과 냉소를, 아버지에 대해서는 거리감에 가까운 경
외를 표출한다.

　　　너는 오늘도 아버지를 미워하느라 잠 못 이루고
　　　끊었던 담배를 다시 피우고
　　　술을 사러 외등이 켜진 새벽 골목길을
　　　그림자도 떼어놓고 혼자 걸어가는구나
　　　(…)
　　　부디 아버지를 미워하는 일로 너의 일생이
　　　응급실 복도에 누워 있지 않기를
　　　어두운 법원의 복도를 걸어가지 않기를
　　　　　　　　　　　　　　　—「겨울부채를 부치며」 부분

　　　나는 아직 돈도 사랑도 버리지 못하고
　　　꾸역꾸역 밥과 국만 먹는다
　　　처마 끝에 맺힌 고드름도
　　　한순간에 마당에 툭 떨어지는데
　　　나는 아직 이별의 순간을 떨치지 못하고 운다
　　　　　　　　　　　　　　　　　　　—「이별」 부분

아무도 나를 찾으러 오지 않는다

(…)

지옥은 여기에서 먼가

—「유실」 부분

이 세상에 더이상 남길 것은 없다

나는 그저 간다

어디로 가는지 나는 모른다

좀 있다가 목이 마르면

그저 물이나 한잔 마시다가

너도 너 혼자 어디로 가라

—「미리 읽어본 아버지의 유서」 부분

이처럼 정호승이 고백하는 가족 이야기는 아름답거나 따뜻하지 않다. 오히려 서글프고 참담하다. 가족들이 서로 미워하거나 헤어져 있기 때문이 아니라, 그 미움과 헤어짐 속에 사랑이 뿜어내는 필연적인 독(毒)이 들어 있기 때문이다. "오늘도 아버지를 미워하느라 잠 못 이루"는 아들과 "돈도 사랑도 버리지 못하고/꾸역꾸역 밥과 국만 먹는" '나', 홀로 떠나며 "너도 너 혼자 어디로 가라"고 말하는 아버지는 서로에 대한 사랑과는 별개로 쓸쓸히

각자의 길을 간다. 심지어 '나'는 지하철에서 길을 잃고, "아무도 나를 찾으러 오지 않는다"는 절망 속에 '지옥'을 경험하기도 한다.

정호승이 뜨겁게 소통하는 유일한 가족은 어머니이다. 부엌 냉장고에 들어가 나중에 영안실 냉장고에 들어갈 연습을 하신다는 어머니(「노인들의 냉장고」)를 위해 그는, "잘 자라 우리 엄마 / 할미꽃처럼 / 당신이 잠재우던 아들 품에 안겨 / 장독 위에 내리던 / 함박눈처럼"(「어머니를 위한 자장가」)이라고 자장가를 불러주기도 한다. 그러나 어머니는 지금 "낡고 텅 빈 노인"(「노인들의 냉장고」)일 뿐이며, "사랑하는 모든 것은 / 곧 헤어지지 않으면 안되"(「통닭」)는 운명을 지니고 있다. 그에게 아버지가 "너도 너 혼자 어디로 가라"는 유언을 남긴(길) 것도 이것을 알고 있기 때문이다. 사랑하는 모든 것은 끝내 헤어져야 하기에, "너도 너 혼자 어디로 가라"는 냉정한 유언은 아버지가 아들에게 주는 최후의 사랑이 된다. 이것을 깨닫는 순간, '바닥'에 놓여 있던, 정호승의 가족과 자신에 대한 관계는 화해의 길로 접어든다. 그는 사랑 앞에 무릎 꿇고 상실의 운명을 받아들이며, 사랑 속에 들어 있는 독을 없애버리고자 한다.

사랑이여

나는 이제 나의 눈물에 독이 없기를 바란다

더이상 나의 눈물이

당신을 해치지 않기를 바란다

(…)

살아간다는 것은 독을 버리는 일

그동안 나도 모르게 쌓여만 가던 독을 버리는 일

—「사랑에게」 부분

너도 무릎을 꿇고 나서야 비로소

사랑이 되었느냐

—「무릎」 부분

이제 우리 헤어질 때가 되었다

어둠과 어둠 속으로만 떠돌던 나를

그래도 절뚝거리며 따라와주어서 고맙다

(…)

가라

인간이 사는 곳보다

새들이 사는 곳으로 가서

어린 나뭇가지에서 어린 나뭇가지로 날아다니는

한마리 새의 그림자가 돼라

—「내 그림자에게」 부분

살아가는 일이란 사랑하는 일인 동시에, 사랑의 눈물 속에 든 독을 버리는 일이다. 삶과 사랑은 끊임없는 해독과 자정(自淨)을 거쳐야만 진정으로 자신과 타인을 위한 것이 될 수 있다. 해독과 자정 작업은 궁극적으로는 자아와 존재의 비상으로 이어진다. 정호승의 시에서 승화된 자아와 존재는 '새'의 이미지로 집약된다. 더불어, 자아와 존재의 비상은 '인간이 사는 곳'에서 '새들이 사는 곳'으로 가는 일로 나타난다. 이처럼 정호승이 동경하는 마음의 새들은 세상의 가장 높고 청정한 곳에 살고 있다. 가파른 빙벽이나 눈 덮인 '나의 수미산'이나 눈 내린 월정사의 부도밭 같은 곳이 그 단적인 예이다. 그 아득한 마음의 산정을 갈망하며 정호승은 자신의 "발자국이 소금이 될 때까지" "장다리물떼새와 함께 / 외로운 소금밭을 서성거리"고(「도요새」), "내 비록 돈을 벌기 위해 평생 동안 잠 못 이루던 / 더러운 마음이지만 / 돌아오라 새들아 밤안개를 데리고 / 고요히 미소를 지으며 돌아와 나를 쪼아먹어라"(「헌식대에 누워」)라고 새들을 향해 간절히 호소한다. 한걸음 더 나아가, "폭설이 내린 날 / 내 관을 끌고

올라가" "평생토록 참회해도 참회할 수 없는 참회를/관
속에 집어넣고" "산정의 산정에 홀로 서서"(「나의 수미산」)
그 관을 던질 것이라고 자신에게 맹세하기도 한다.

> 인간의 작은 탑 하나 세우기 위해
> 평생 동안 다시 산을 오른다
> 발도 없이 손도 없이 산을 오른다
> (…)
> 오늘밤에는 산정에 고요히 눈이 내린다
> 인간의 얼굴을 한 작은 새 한마리
> 눈 속에 파묻힌다
>
> ―「나의 수미산」 부분

　삶의 바닥에서 '수미산'의 정상에 오르는 길은 '인간이
사는 곳'에서 '새들이 사는 곳'으로 가는 길이지만, '인간'
을 버리고 '새'가 되는 길은 아니다. 시에서 보듯, 정호승
의 내생(來生)이 될 '작은 새'는 너무도 또렷하게 "인간의
얼굴을 하"고 있다. 여기에 이르면, 정호승의 시에서 인
간과 새, 바닥과 산정은 다르면서도 같은 세계임이 밝혀
지게 된다. 두 세계를 연결하는 힘은 말할 것도 없이, "발
도 없이 손도 없이 산을 오르"는 인간이며 시인인 정호승

의 수고이다. 지천명의 나이에 정호승이 삶의 바다에 엎
드린 사람들을 찾아다니고, 가족과 자신의 부끄러운 면
까지도 솔직하게 토로하는 이유는 여기에 있다. 이번 시
집에 불교적 지향성과 기독교적 색채가 무리 없이 공존
하며, 그것을 특별히 문제 삼거나 따로 분석할 필요가 없
는 이유도 같은 곳에 있다. 굳이 성(聖)과 속(俗)의 통합이
라는 거창한 이름을 붙이지 않아도 될, 이 화합의 풍경
속에는 그저 소리 없이 눈이 내릴 뿐이다.

사람은 죽었거나 살아 있거나
그 이름을 불렀을 때 따뜻해야 하고
사람은 잊혀졌거나 잊혀지지 않았거나
그 이름을 불렀을 때 눈물이 글썽해야 한다
　　　　　　　　　　　—「부도밭을 지나며」 부분

　그러므로, 중요한 것은 자신의 마음에서 우러나는 가
슴 뭉클한 진실이며, 그 진실을 향해 가는 한결같은 마음
이다. 정호승이 따뜻하면서도 시린 언어로 우리에게 전
해주는 것은 이 소박하지만 소유하기 힘든 진실이다. 그
를 따라 삶의 바닥에서 수미산에 이르는 길을 차가운 눈
을 맞으며 오를 것인가, 아니면 여기에 머물 것인가? 지

금 창밖에서 우는 것은 내생의 '나'를 예언하는, '인간의
얼굴을 한 작은 새'인지도 모른다.

金壽伊 ｜ 문학평론가

시인의 말

1999년 창비에서 신작시집 『눈물이 나면 기차를 타라』를 낸 지 꼭 5년 만에 다시 시집을 내게 되었다. 고백하건대 지난 5년 동안 단 한편의 시도 쓰지 않고 살아, 살아도 산 것이 아니었다. 시인이 시를 쓰지 않고 사는 삶이 그 얼마나 비참한 것인가를 뼈저리게 느낀 반성의 세월이었다.

이번 시집의 시들은 오히려 시가 나를 버리는 게 아닌가 하는 위기감과 상실감에 의해 한꺼번에 씌어진 것들이다. 나는 늘 가슴속에서 시를 쓴다고 생각하고 스스로 위안으로 삼았지만, 실은 시인의 가슴속에 있는 시는 시가 아니다. 그 가슴에서 시가 문자의 얼굴을 하고 밖으로 나와 다른 사람들이 읽을 수 있어야 진정한 시의 제 모습이다.

이번 시집에 수록된 시는 스물댓 편을 제외하고 전부 신작들이다. 이번에도 본의 아니게 문예지에 먼저 발표하지 못하고 시집을 발표의 장으로 삼았다.

무엇을 얻거나 이루기 위해서 시를 쓰는 것은 아니지만, 시가 내 인생을 위로해줄 때가 있어서 너무나 감사하다.

152

마더 테레사 수녀는 모든 인간에게서 신을 본다고 하
셨다. 나는 모든 인간에게서 시를 본다.
시집을 엮고 나니 나도 한마리 도요새가 되고 싶다.

2004년 5월

정호승

창비시선 235

이 짧은 시간 동안

초판 1쇄 발행 / 2004년 5월 25일
초판 24쇄 발행 / 2025년 6월 18일

지은이 / 정호승
펴낸이 / 염종선
편집 / 고형렬 김정혜 문경미 안병률 김현숙
미술·조판 / 이선희 정효진 신혜원 한충현
펴낸곳 / (주)창비
등록 / 1986년 8월 5일 제85호
주소 / 10881 경기도 파주시 회동길 184
전화 / 031-955-3333
팩시밀리 / 영업 031-955-3399 편집 031-955-3400
홈페이지 / www.changbi.com
전자우편 / lit@changbi.com

ⓒ 정호승 2004
ISBN 978-89-364-2235-6 03810